CORIOLAN,

TRAGÉDIE.

Par *Monsieur* RICHER.

A PARIS,

Chez BARROIS, Quai des Augustins, à la Ville de Nevers.

M. DCC. XLVIII.

Avec Approbation & Privilége du Roi.

PREFACE.

IL n'y a point d'événement plus célébre dans l'histoire de la République Romaine que la vengeance de Coriolan. Ce Héros, qui avoit acquis tant de gloire, & rendu Rome victorieuse des Volsques, banni par la faction des Tribuns du peuple, se réfugia chez ses ennemis qui le firent leur Général; & bientôt à la tête d'une armée, il vint assiéger sa patrie. Les Romains consternez, oubliant leur premiére valeur, n'eurent recours qu'aux priéres, pour conjurer cet orage. Ils révoquérent l'arrêt de bannissement, & députérent vers lui les plus illustres Sénateurs, même les Pontifes, mais inutilement. Ils ne purent lui faire changer de dessein. Ce triomphe étoit réservé à Véturie; & celui que rien n'avoit ébranlé ne résista point aux larmes de sa mére. Il lève le siége de Rome; & quelques jours après, il est tué dans Antium par l'ordre de Tullus, jaloux de la réputation & des honneurs que ce Romain avoit acquis chez les Volsques.

Voilà en abregé le sujet de cette Tragédie. Il se trouve dans un grand nombre d'Auteurs, qu'il seroit inutile de citer. J'observerai seulement que Tite-

Live (*a*), Denis d'Halicarnaſſe (*b*) & Plutarque (*c*) ſont ceux que j'ai le plus conſultez. C'eſt d'après eux que j'ai peint les caractéres de mes perſonnages. J'ai orné ma pièce de tous les traits hiſtoriques, qui ont pû entrer dans mon plan.

Mais comme la vengeance de Coriolan, priſe dans ſon dernier période, & lorſqu'il eſt ſur le point de livrer l'aſſaut à Rome, eſt un fait trop ſimple pour en compoſer une pièce tragique au goût du ſiècle, j'ai ajoûté à l'action principale un épiſode, tiré du ſujet même. Je donne une fille à Coriolan; & je feins qu'avant ſa diſgrace, il l'avoit promiſe en mariage à Appius, Sénateur Romain, qui tenoit comme lui le parti de la nobleſſe contre le peuple; mais que depuis ſon banniſſement, ne ſuivant plus que les mouvemens de ſa vengeance, & voulant rompre toute liaiſon avec les Romains, il l'accorda à Tullus Général des Volſques, à qui il avoit de grandes obligations.

Cette fiction eſt d'autant plus vrai-ſemblable que Coriolan, ſelon l'hiſtoire, propoſa à Véturie de quitter Rome, & de venir demeurer à Antium, Capitale des Volſques. Non-ſeulement cet épiſode a de la vrai-ſemblance: mais il eſt lié avec l'action principale, dont il dépend entiérement, & dont il prépare, & cauſe en partie la cataſtrophe. Les principaux perſonnages y ſont intéreſſez; & ces deux actions ſont tellement unies qu'elles ne font enſemble qu'un tout, ſans

(*a*) Dec. I. lib. 2.
(*b*) Antiq. Rom. lib. 6. & ſequent.
(*c*) In vitâ Coriol.

rien faire perdre à la fable de sa simplicité. J'ai donné à cette fille un caractére tout Romain. Sa passion est sans foiblesse & subordonnée à la gloire. Si elle ose résister à son pére, qui lui propose d'épouser Tullus, l'amour de la patrie autorise son refus. On sait jusqu'où les Romains portoient cet amour, surtout dans les premiers temps de la République (*a*). Il n'y a que les personnes peu instruites de leurs mœurs, & qui rappellent tout à nos usages, qui pourront blâmer la résistance de Marcia. Les loix de Rome défendoient à ses Citoyens de s'allier avec les Etrangers.

J'aurois pû multiplier les incidens, livrer des combats entre les Romains & les Volsques, & faire beaucoup de fracas. Les pièces implèxes & chargées d'événemens sont fort à la mode : mais j'ai préféré de laisser le sujet dans sa simplicité. Il est de l'espèce que l'Abbé d'Aubignac (*b*) appelle *de passions*; quand d'un fonds de peu d'étenduë le Poëte tire de quoi soutenir le Théatre par de grands sentimens.

La Scène est dans le camp des Volsques sous les tentes de Coriolan, sans contraindre les incidens. L'unité de jour n'est pas moins éxactement observée que

(*a*) *Sed dominum, ne parentem quidem, Majores nostri voluerunt esse.* Nos Ancêtres n'ont pas voulu souffrir un pére même pour leur maître. *Lettre de Brutus à Atticus, vers la fin.* Ciceron enseigne la même doctrine dans ses *Offices.* liv. 3. chap. 23. *Si tyrannidem occupare, si patriam prodere conabitur pater... Patriæ salutem anteponet...* Lorsqu'un pére persiste dans le dessein de détruire la liberté de son pays, nous devons prendre les intérêts de notre Patrie.

(*b*) Pratique du Théatre livre 2. chap. 1.

celle de lieu ; & l'action se renferme aisément dans le tour d'un Soleil, suivant le précepte d'Aristote (*a*), c'est-à-dire dans le temps que le Soleil emploie à parcourir un hémisphére. Le départ d'Appius pour aller à Rome, & son retour au camp des Volsques avec Véturie, ne demandent pas un temps fort long ; puisque ce camp est devant Rome. Pour conserver l'unité de jour, j'ai pris la licence de rapprocher deux événemens, qui font le dénouement de la piéce, la mort de Coriolan & celle de Tullus. Coriolan, comme je l'ai dit, fut tué quelques jours après la levée du siége de Rome ; & Tullus périt à quelque temps de là dans un combat contre les Romains.

Si le but de la Tragédie est de *purger* les passions dangereuses, comme l'écrit Aristote, je ne crois pas qu'on puisse choisir un sujet plus propre à cet effet que celui de Coriolan. Ce sujet est noble & intéressant, & le principal personnage est tel que le demande ce Philosophe (*b*). Le Héros d'une Tragédie, selon lui, ne doit être ni très vertueux ni très méchant ; parce que le bonheur du premier n'a rien de tragique, & que ses malheurs nous remplissent d'horreur. Au contraire la prospérité d'un scélérat nous donne de l'indignation, & son malheur n'excite ni terreur ni pitié : toutes espèces, qui ne vont point au but de la Tragédie. Il ne reste donc, dit-il, que celui qui tient le milieu entre ces deux extrémitez ; & qui n'étant ni vertueux ni juste dans un souverain degré, ne s'attire pas non plus ses

(*a*) Poët. chap. 5.
(*b*) Poëtique, chap. 13.

malheurs par ſes méchancetés & par ſes crimes : voilà préciſément l'état de Coriolan. Ce grand homme, banni par les Tribuns du peuple, a un juſte ſujet de les haïr : mais il ne garde point de meſures. La colére & la vengeance l'aveuglent, & lui font prendre les armes contre ſa patrie : imprudence dont il eſt enfin la victime. Si ce ſujet, traité pluſieurs fois, n'a point eu de ſuccès au Théatre, c'eſt ſans-doute la faute des Poëtes, & non de la matiére. Les malheurs d'un homme illuſtre, atteſtez par l'Hiſtoire, doivent affecter, & faire une impreſſion plus forte que des aventures romaneſques. Car quoique Ariſtote (*a*) laiſſe aux Poëtes la liberté d'imaginer leurs ſujets, je crois qu'il eſt plus ſûr de ſuivre l'avis d'Horace (*b*), qui conſeille de les puiſer dans l'hiſtoire ou dans les fables reçuës. *Ex noto fictum carmen ſequar.*

Il ne ſuffit pas d'avoir compoſé la fable ou le plan d'une Tragédie dans les règles de l'art, & d'avoir obſervé exactement les trois unitez, ſans leſquelles il n'y a ni ordre ni vraiſemblance dans les Poëmes dramatiques : ce n'eſt pas aſſez que les mœurs ſoient bien marquées, reſſemblantes, égales & convenables, & que les ſentimens ſoient naturels & conformes aux caractéres : la diction doit être proportionnée au ſujet. Ariſtote (*c*) ne donne au ſtyle que le dernier rang entre les parties eſſencielles à la Tragédie, ſentiment que les habiles gens & d'un jugement ſain ſuivent encore aujourd'hui : mais les autres, en plus grand nombre, ne

(*a*) Poët. chap. 9.
(*b*) Art. Poët.
(*c*) Poët. chap 6.

jugent du mérite d'un Poëme que par les vers. Une tirade harmonieuse les séduit & entraîne leur suffrage, quelque défectueuse que la pièce soit d'ailleurs ; & ils condamnent l'ouvrage le plus régulier sur deux ou trois mots, ou sur quelques hémistiches, qui ne sont pas de leur goût. Incapable d'embrasser le tronc de l'arbre, ils s'accrochent aux branches, comme les enfans. Au reste j'ai employé tous mes soins pour rendre mon style digne de la matiére, persuadé qu'un Poëme ne peut être parfait, s'il n'est bien écrit.

Il est vrai que la bonté de la versification tragique semble être devenuë équivoque par la bizarrerie du goût d'aujourd'hui. Le Vulgaire appelle de bons vers ceux qui sont pleins d'antithèses brillantes, de traits éblouissans & souvent peu intelligibles. Quoique l'on ait devant les yeux un parfait modelle en ce genre, applaudi tous les jours au Théatre, & dont le style élégant doux & naturel, devroit fixer le goût du Public ; les ouvrages de ce grand Poëte ne servent point de règle. On veut de l'épique & même de l'ampoulé dans les pièces nouvelles : cependant la perfection du style n'est pas arbitraire. Les vrais Connoisseurs ne prennent point le change, & ne se laissent point éblouir par ces faux ornemens & ce langage recherché, qui nuit aux sentimens & aux mœurs. C'est à ceux-ci que j'ai tâché de plaire. Le suffrage d'un petit nombre de personnes éclairées est plus durable, & fait plus d'honneur à un ouvrage que les applaudissemens vains & passagers d'une multitude ignorante, qui loue & blâme par caprice & sans savoir pourquoi, aussi prompte à se dédire qu'elle a été légére à donner son jugement.

CORIOLAN,

TRAGÉDIE.

ACTEURS.

CORIOLAN, Sénateur Romain, Général des Volſques.

TULLUS ancien Général des Volſques.

APPIUS Sénateur Romain.

VETURIE mére de Coriolan,

MARCIA fille de Coriolan.

FULVIE Confidente de Marcia.

FABIEN Confident de Coriolan.

PRISCUS Confident de Tullus.

GARDES de Coriolan & de Tullus.

Suite d'Appius & de Véturie.

La Scène eſt dans le Camp des Volſques devant Rome.

CORIOLAN,

TRAGEDIE.

ACTE PREMIER.

SCENE PREMIERE.

TULLUS, PRISCUS.

PRISCUS.

Ette ville ſuperbe, & dont la renommée
Rendoit de ſes exploits l'Italie alarmée,
Qui portoit dans nos champs & le trouble & l'effroi,
Rome enfin d'un Vainqueur va recevoir la loi:
Après tant de revers, tant de ſanglantes pertes,
Ses Citoyens, laiſſant leurs campagnes déſertes,
Ne nous oppoſent plus que de foibles remparts,
Que le Volſque en fureur preſſe de toutes parts.
Mais quand nous remportons cette grande victoire,
Le fier Coriolan en aura-t'il la gloire?

Souffrirez, vous, Seigneur, qu'un banni, qu'un Romain
Commande dans ce camp, y parle en Souverain ?
Le Soldat inconstant & le suit, & l'adore :
Du nom de Général notre Sénat l'honore :
Tullus n'a donc reçu ce superbe Etranger
Que pour perdre sa place, ou pour la partager.

TULLUS.

Dois tu penser, Priscus, qu'insensible à l'injure,
J'étouffe dans mon cœur la gloire qui murmure ?
Que tranquille témoin des honneurs d'un Rival,
J'aime à voir un Romain me traiter en égal ?
Jour funeste, où fuyant loin des murs de sa ville
Cet Exilé choisit Antium pour asyle !
» Tu vois Coriolan persécuté des siens,
» Me dit-il, & qui fuit ses ingrats Citoyens :
» Les lâches m'ont banni : voilà ma récompense.
» Je viens t'offrir mon bras, qu'anime la vengeance :
» Unissons notre haine ; & que Rome aujourd'hui
» Sente qu'en me perdant elle perd son appui :
» Efface les affronts qu'a reçû ta patrie,
» Ou venge-toi de Rome en m'arrachant la vie :
» Frappe. Surpris de voir, d'entendre ce Romain,
J'admire son courage, & je lui tends la main,
Je l'embrasse, j'approuve un courroux légitime,
Des Volsques assemblez je lui gagne l'estime ;
Et je suis envoyé pour sommer les Romains
De nous rendre nos Forts, qu'ils tenoient dans leurs mains.
Nous prévîmes dès-lors un refus téméraire :
Nous déclarons la guerre à cette Rome altiére :
Disposez au combat Coriolan & moi,
Nous marchons, & partout nous répandons l'effroi.
Tout cède à nos efforts : nous rentrons dans les places
Que nous avoient ravi nos derniéres disgraces :
Bole & ses habitans, punis de leur orgueil,
Dans leurs murs saccagez, ont trouvé leur cercueil.
Le Volsque est chaque jour témoin de mon courage ;
Et de ces grands succès je perds tout l'avantage.

Le Soldat m'abandonne, il ne reconnoît plus
Que la loi d'un Romain, au mépris de Tullus.
Je ferois retomber ce mépris sur sa tête ;
Mais apprends, cher Priscus, quel intérêt m'arrête :
Tu vas être surpris. Ce Tyran redouté,
L'Amour a de Tullus ravi la liberté.
Soumis à son pouvoir.....

PRISCUS.

Quelle fatale flamme
S'oppose à votre gloire, & règne dans votre ame ?

TULLUS.

J'adore Marcia.

PRISCUS.

Ciel ! que m'apprenez vous ?

TULLUS.

Ses attraits séduisans enchaînent mon courroux :
A Rome député, j'ai vû briller ses charmes.
J'allai chez Véturie ; & pour sécher ses larmes,
Je lui dis que son Fils vivoit ; comblé d'honneurs :
Près d'elle Marcia paroissoit toute en pleurs ;
Sa douleur la rendoit plus adorable encore.
Je la quitte, rempli du feu qui me dévore :
Vers les murs d'Antium je hâte mon retour ;
Coriolan apprend l'excès de mon amour.
» De ma Fille avec vous j'unis la destinée,
» Dit-il avec transport, mais de cet hyménée
» C'est dans Rome qu'il faut allumer le flambeau ;
» Qu'en proie aux flammes, Rome éclaire un jour si beau.
Voilà ce qui retient les traits de ma vengeance.
Mon cœur, mon foible cœur, que séduit l'espérance,
Des liens de l'Amour ne peut se délivrer ;
Et je sens, mais en vain, ma gloire en murmurer.

PRISCUS.

Coriolan, Seigneur, tiendra mal sa promesse :
Craignez, pour sa patrie un retour de tendresse.
La colére lui met les armes à la main :
Mais, quoi qu'il ait promis, songez qu'il est Romain.

Rome, prête à subir un honteux esclavage,
Jusqu'à le supplier abaisse son courage :
Vers lui ses Citoyens ont déja député :
Ils pourront le fléchir.

TULLUS.

Envain ils l'ont tenté,
Priscus. Tu vois enfin la fatale journée,
Ou nous livrons l'assaut à Rome consternée.
Rien ne la peut sauver ; & ce dernier effort
Va porter dans ses murs & la flamme & la mort.
Mais si Coriolan ralentissoit sa haine,
S'il osoit reculer, sa ruine est certaine.
Ou Rome & son orgueil touche à son dernier jour,
Où je venge Antium, ma gloire & mon amour.
Envain Coriolan.... Mais je le voi paroître.

SCENE II.

CORIOLAN, TULLUS, PRISCUS.

CORIOLAN.

Rome aux abois, Seigneur, apprend à nous connoître ;
Le peuple est consterné ; l'effroi règne en ses murs :
L'un & l'autre Consul, hommes foibles, obscurs,
Qu'avilit le mépris, que la crainte accompagne
N'osent sortir de Rome, & tenir la campagne.
La foiblesse du chef, redoutant les combats,
Fait passer son effroi dans le cœur des Soldats.
Ce Sénat, autrefois si renommé, si brave,
Des Tribuns factieux est devenu l'esclave ;
Et le peuple insolent, sorti de son devoir,
De ce corps avili méprise le pouvoir.
C'est un fantôme vain, & paré d'un vain titre.
Des conseils, des decrets un vil peuple est arbitre ;

Et tels sont les effets de la sédition,
Partout regnent l'horreur & la confusion.

TULLUS.

Rome sent sa foiblesse. En de telles alarmes,
Seigneur, elle a recours aux priéres, aux larmes;
Pour tâcher de fléchir un trop juste courroux,
Vous la verrez encor tomber à vos genoux.
C'est à vous d'éluder de trompeuses adresses.
Les Volsques & Tullus comptent sur vos promesses.
Vous nous avez juré de soumettre à nos loix
Les Romains, ces Tyrans que redoutent les Rois;
Et de qui la fureur, sans sujet allumée,
Pour troubler l'Italie en tout temps est armée.
Mais pour mieux confirmer la foi de vos sermens,
Souvenez vous, Seigneur, de vos engagemens;
Et que l'heureux Tullus par un noble hyménée
Doit avec Marcia joindre sa destinée.

CORIOLAN.

Oui, Seigneur, je tiendrai tout ce que j'ai promis.
J'enchaîne à votre char vos mortels Ennemis:
Je hâte votre hymen, & je mande ma Fille:
Je l'éloigne à dessein des yeux de ma Famille.
Je veux que dans ce camp, bravant le nom Romain,
Aux yeux des Députez vous lui donniez la main;
Que d'un hymen pompeux l'alégresse éclatante
Des Romains supplians redouble l'épouvante;
Et que témoins des nœuds qui m'attachent à vous,
Ils perdent tout espoir de calmer mon courroux.

TULLUS.

Vous mandez Marcia! permettez que ma joie....

SCENE III.

CORIOLAN, TULLUS, PRISCUS, FABIEN.

FABIEN.

Appius vient au camp; & Rome vous l'envoie,
Seigneur.

CORIOLAN, *bas*.

Ciel! Appius!

TULLUS.

Quel trouble vous saisit?
Au nom de ce Romain vous semblez interdit.

CORIOLAN.

Moi, me troubler, Seigneur! un tel soupçon m'offense.
Je voi de plus en plus triompher ma vengeance.
Un superbe Sénat dépouille sa fierté:
Le premier de ce Corps m'est enfin député.
D'un ennemi vainqueur prêts à se voir la proie,
C'est un nouveau moyen que leur foiblesse emploie:
Mais ils n'obtiendront rien. Ferme dans mon dessein,
J'abattrai dans leurs murs l'orgueil du nom Romain.
Allez tout préparer: que l'espoir du pillage
De nos braves Soldats augmente le courage.

SCENE IV.

CORIOLAN, FABIEN.

CORIOLAN.

Du choix que Rome a fait tu me vois alarmé,
Fabien, te croirai-je ? es-tu bien informé ?

FABIEN.

Oui, Seigneur, à vos yeux Appius va paroître ;
Et le choix des Romains vous fait assez connoître
D'un peuple consterné le déplorable état :
Il députe vers vous le Prince du Sénat.

CORIOLAN.

Son rang, cher Fabien, n'est pas ce qui me gêne ;
Son vain éclat ne peut imposer à ma haine :
Mais je crains la vertu d'un Romain généreux,
Avec qui l'amitié m'unit des plus saints nœuds.
Lorsque de mes malheurs je rappelle l'Histoire,
Son courage est toûjours présent à ma mémoire.
Je voulois affranchir & Rome & le Sénat
De la loi des Tribuns, ces Tyrans de l'Etat,
De ces vils Magistrats, chefs d'une populace,
Dont ils flattent l'orgueil, & nourrissent l'audace,
De ces Usurpateurs du pouvoir souverain,
Par qui s'est avili l'éclat du nom Romain,
Ennemis de la paix, & de qui la puissance
Naquit de la révolte & de la violence.
Je conçûs le projet d'abattre leur pouvoir :
Je fus mal secondé dans un si noble espoir.
Ces lâches Sénateurs, pour qui je m'intéresse,
De se soumettre au peuple ont même la foiblesse.
Je suis banni de Rome ; & le seul Appius
Résista, mais envain, au fier Sicinius :

Lui seul, en plein Sénat signalant son courage
Confondit des Tribuns les efforts & la rage :
Tel est le Sénateur qu'on m'envoie aujourd'hui.
Juge par les bienfaits, qui m'attachent à lui,
Si d'Appius, que Rome oppose à ma vengeance,
Je dois tranquillement attendre la présence.

SCENE V.

CORIOLAN, APPIUS, FABIEN.

APPIUS.

ROme emprunte ma voix pour fléchir un courroux,
Que trop long-tems les Dieux excitent contre nous.
Je n'excuserai point, Seigneur, l'ingratitude
Des Tribuns factieux & de la multitude :
Je sai que la rigueur d'un trop dur traitement
Arma pour les punir votre ressentiment.
Un Guerrier tel que vous brave l'ignominie ;
Banni de son pays, le Monde est sa patrie ;
Et sa valeur, qu'envain on voudroit avilir,
Cherche, & trouve partout des lauriers à cueillir,
Mais vous êtes vengé : la honte de leur crime
Inspire à ces mutins un remords légitime.

CORIOLAN.

Seigneur, de ces ingrats je conçois la douleur :
Ce repentir trop lent n'est dû qu'à ma valeur.
Lâches persécuteurs, fléaux de l'innocence,
Ils n'ont point de remords, ils craignent ma vengeance.
Je prétends les punir ces Citoyens ingrats,
Pour qui j'ai tant de fois affronté le trépas,
Pour qui mon sang versé dans l'horreur des batailles
A du joug de Tarquin garanti leurs murailles.
C'est envain que leurs cris me demandent la paix :

Ils ne méritent point d'éprouver mes bienfaits :
Ce n'est qu'en l'écrasant qu'on dompte l'injustice.
Je prétends au forfait égaler le supplice,
Et laisser dans leurs murs un sanglant monument
De ma juste vengeance & de leur châtiment.

APPIUS.

A quels affreux transports vous laissez-vous surprendre,
Seigneur ? voyez quel sang vous brûlez de répandre ;
A périr condamné par des Séditieux,
Le Sénat vous ravit au peuple furieux
Et pour vous conserver à leur chére patrie,
Ces braves Sénateurs exposérent leur vie.

CORIOLAN.

Leur téméraire orgueil peut-il être excusé ?
Aux Romains le Sénat s'est lui seul opposé.
Honteux du jugement que dicta son audace,
Le peuple me rappelle, & me demande grace.
L'aurois-je dû prévoir ? les seuls Patriciens
Ranimént contre moi l'orgueil des Citoyens.
» A sa gloire, ont-ils dit, Rome toûjours fidèle
» N'accorde rien par crainte ; & jamais un Rebelle
» N'obtiendra son retour les armes à la main.
Voilà les sentimens de ce Sénat hautain.
Par un nouvel affront il veut ternir ma gloire ;
Il veut que je renonce aux droits de la victoire ;
Que j'arrête mon bras, tout prêt à l'accabler ;
Que je supplie enfin, quand je puis l'immoler.
Oui, c'est dans Rome, aux yeux d'un Sénat magnanime ;
Que je veux obtenir le pardon de mon crime,
Effacer les affronts, qu'à Rome j'ai reçûs :
Je le dois, je le puis ; & malheurs aux vaincus.

APPIUS.

Rome n'est pas vaincue ; & sa valeur lui reste.
Craignez, Seigneur, craignez son désespoir funeste :
Pour défendre ses murs son peuple furieux
Combattra contre vous à l'aspect de ses Dieux.
Souffriront-ils ces Dieux que la fureur d'un homme

Renverse leurs Autels, anéantisse Rome ?
Ne nous ont-ils pas dit qu'elle mettroit aux fers
La superbe Italie, & même l'Univers ?

CORIOLAN.

Vos Prêtres, je le sais ont osé vous prédire
Qu'un jour du Monde entier Rome obtiendroit l'empire.
Pour armer les Romains ses Rois audacieux
Au gré de leurs désirs firent parler les Dieux ;
Après eux le Sénat par le même artifice
De ses vastes projets appuya l'injustice :
Le peuple, prévenu d'une pieuse erreur,
Se livra sans scrupule à toute sa fureur :
Ses Voisins ont été ses premiéres victimes ;
Et la Religion a consacré ses crimes.
Mais enfin il éprouve un funeste revers :
Rome envain se flattoit d'asservir l'Univers :
Les Dieux ont refusé d'accomplir ces miracles ;
Et mes heureux succès démentent ses oracles.

APPIUS.

Nous respectons les Dieux contre nous irritez ;
Mais sans être abattus par vos prospéritez.
La promesse des Dieux n'a jamais été vaine,
Seigneur, notre valeur bravera votre haine ;
Et vous reconnoîtrez que Rome pour soutiens
Compte autant de Héros qu'elle a de Citoyens.
En éxilant Tarquin, elle a trop fait connoître
Qu'elle aime mieux périr que de souffrir un Maître.
Rome peut succomber, & non pas s'avilir :
Sous ses murs, pour la vaincre, il faut l'ensevelir.
Nous voulions prévenir un combat si terrible :
A la voix d'Appius serez-vous insensible ?
Un Héros vertueux sait vaincre & pardonner.
Eh ! quel titre plus beau pourroit vous couronner ?
Soyez touché des pleurs d'une Epouse chérie,
Du sort de vos Enfans, regardez Véturie :
Plongez dans la douleur, illustres malheureux,
Les traits sur nous lancez retomberont sur eux.

Vous mandez Marcia ; le Sénat vous l'envoie :
Dois-je vous témoigner ma tristesse ou ma joie ?
Songez, songez, Seigneur, qu'en des temps plus heureux
Vous deviez avec moi l'unir des plus doux nœuds :
Vous la mandez au camp ; & mon trouble est extrême.

CORIOLAN.

Elle apprendra de moi ma volonté suprême :
Je ne m'explique point sur de pareils desseins.
Cependant vous pouvez annoncer aux Romains
Qu'ils arment contre moi le désespoir, la rage ;
Ce fer me vengera de leur cruel outrage :
Mais je saurai, Seigneur, dans leurs murs abattus
De mes vils Ennemis distinguer Appius.

SCENE VI.

APPIUS, *seul.*

Cruel ! si le succès seconde ta furie,
Je ne survivrai point aux maux de ma patrie ;
Sa gloire ou son malheur réglera mon destin :
Je sai quel nom je porte, & que je suis Romain ;
Pour Rome j'ai vécu ; je périrai pour elle.
Tu mandes Marcia ! quel intérêt l'appelle ?
Que dois-je présager d'un courroux furieux ?
Ah sans voir Marcia ne quittons pas ces lieux.
Sans doute ton projet, dicté par l'injustice,
Prépare à mon amour le plus cruel supplice ;
Et quand par la vengeance on se laisse aveugler,
Parens, Amis, Patrie, on peut tout immoler.

Fin du premier Acte.

ACTE II.

SCENE PREMIERE.

APPIUS, MARCIA, FULVIE.

APPIUS.

J'Ai peint toute l'horreur d'un projet sanguinaire;
L'état affreux des siens, les larmes de sa Mere,
Le reproche odieux dont il va se ternir.
Enfin de ses sermens je l'ai fait souvenir,
Qu'il me donna l'espoir d'un heureux hyménée,
Qu'il promit avec vous d'unir ma destinée:
Je n'ai rien obtenu, pour comble de malheur,
Il veut, sans doute, il veut me ravir votre cœur.

MARCIA.

Ah de ses sentimens je connois la noblesse!
Jusqu'à trahir sa foi croyez-vous qu'il s'abaisse?
La gloire & l'amitié formérent ces beaux nœuds.
Mon pere est violent: mais il est généreux:
Son noble cœur....

APPIUS.

Sur quoi fonder mon espérance!
Lorsque sur Rome même il étend sa vengeance,
Oubliant que des Dieux c'est l'auguste séjour,
Que dans ses murs sacrez il a reçû le jour?
J'y retourne, Madame, en porter la nouvelle
Au peuple, aux Sénateurs, qui comptoient sur mon zèle
Je n'ai pû le fléchir. Je vais les préparer

A soutenir l'assaut, qu'il prétend nous livrer.
Pour remplir les devoirs, où mon honneur m'engage;
A quelle épreuve, ô Ciel! réduis-tu mon courage?
Contre qui des Romains dois-je armer la fureur?
Contre Coriolan! & pour comble d'horreur,
Plein de l'ardent amour que m'inspirent vos charmes;
La gloire me contraint d'augmenter vos alarmes,
De donner aux Romains un généreux secours
Contre un Ami si cher, & l'auteur de vos jours.

MARCIA.

Je ne puis qu'admirer cette vertu sublime.
Puis-je à ces sentimens refuser mon estime?
Non, dans un cœur Romain, quel que soit son espoir,
Rien ne doit balancer la gloire & le devoir.
Par un devoir sacré comme vous enchaînée,
Hélas! je suis Ici la plus infortunée.
Contrainte à respecter l'Ennemi des Romains,
D'un pére sur mon sort j'ignore les desseins.
Cependant pour calmer sa vengeance funeste,
Seigneur, le Ciel m'inspire: un sûr moyen nous reste.
Amenez Véturie: en proye à ses douleurs,
Qu'elle vienne en ce camp faire parler ses pleurs:
Je connois le respect que son Fils a pour elle:
Qu'elle vienne attendrir ce courage rebelle,
Joindre ses pleurs aux miens; & par un prompt secours
M'arracher aux malheurs, qui menacent mes jours.
Ah! quoique la vengeance ait pour lui trop de charmes,
Il ne soutiendra point la présence, les larmes
D'une mere si tendre; & dont la majesté
Lui parlera, Seigneur, avec autorité.
Allez sans différer....

APPIUS.

En quels lieux je vous laisse!
Que cet éloignement alarme ma tendresse!
Mais d'un péril pressant je dois vous garantir.
Et la gloire & l'amour m'ordonnent de partir.

SCENE II.

MARCIA, FULVIE.

MARCIA.

NE crains rien, Appius, ta vertu magnanime
T'assure d'une ardeur fidèle & légitime.
Mon cœur n'est point épris d'un amour passager,
Qu'un caprice fait naître, & bientôt fait changer.
La gloire & le devoir, tout puissans sur mon ame,
Y conservent pour toi la plus constante flamme.
Quand notre cœur lui donne un principe si beau ;
La vertu fait durer l'amour jusqu'au tombeau.
O mon pere ! en ces lieux tu fais venir ta fille :
Pourquoi m'arraches-tu du sein de ma famille ?
A quel malheur nouveau prétends tu me livrer ?
Du plus cruel soupçon je me sens déchirer.
Quel sera mon destin ; ô ma chére Fulvie ?

FULVIE.

Toute espérance encor ne vous est pas ravie ;
Et si Coriolan vous présente un Epoux,
Croyez-vous qu'il consulte un aveugle courroux ?
Uu pere est toujours pere : il verra vos alarmes ;
Madame, espérez tout du pouvoir de vos larmes :
Non, son cœur attendri n'y résistera pas.
Je voi Coriolan.

MARCIA.

Dieux ! Tullus suit ses pas.

SCENE

SCENE III.

CORIOLAN, TULLUS, MARCIA, FULVIE, PRISCUS.

MARCIA.

AH, Seigneur! qu'il m'eſt doux, après trois ans d'abſence,
De revoir un Héros, l'auteur de ma naiſſance,
De pouvoir lui marquer mon reſpect, mon amour!

CORIOLAN.

Ma fille, aſſurez-vous du plus tendre retour:
Dans cet embraſſement recevez en le gage:
Mais pour vous en donner un plus grand témoignage,
Je vous mande en ce camp; & ma tendreſſe enfin
Vous prépare en ce jour le plus brillant deſtin.

MARCIA.

Dieux! je vais voir finir mon trouble & ma miſére.
Ah! j'ai toûjours compté ſur les bontez d'un pére;
Que ſon cœur généreux, & touché de nos pleurs,
Calmeroit un courroux, qui fait tous nos malheurs.
Sur notre ſort enfin votre ame eſt attendrie.
Dans quel abattement j'ai laiſſé Volomnie!
Et quels traits aſſez forts, ô Ciel! quelles couleurs
Peuvent de Véturie exprimer les douleurs?
Senſible aux maux de Rome, & mére infortunée,
Les yeux baignez de pleurs, aux autels proſternée,
Elle ſe plaint aux Dieux, & reproche au deſtin
D'avoir armé ſon fils contre le nom Romain.

CORIOLAN.

Depuis le jour fatal qu'un décret téméraire
Du ſein de ſa patrie arracha votre pére;
Que d'injuſtes Tribuns, arbitres de mon ſort;

N'ont offert à mon choix que l'éxil, ou la mort,
Forcé de me soustraire à leur haine implacable,
J'ai trouvé chez le Volsque un asyle honorable;
J'y brave la fureur de mes persécuteurs,
Et je dois à Tullus ces insignes faveurs.
Je veux m'en acquiter, & par une alliance
Lui marquer mon estime & ma reconnoissance.
Répondez à l'honneur qu'il nous fait en ce jour:
Je vous donne un Epoux, digne de votre amour:
Je le laisse avec vous: un aûtre soin me presse:
Je vous quitte: songez à remplir ma promesse.
Qu'aujourd'hui votre hymen allume le flambeau,
Qui mettra Rome en cendre, & son nom au tombeau.

SCENE IV.

TULLUS, MARCIA, FULVIE, PRISCUS.

TULLUS.

Lorsque d'un tendre accueil Coriolan me flatte,
Permettez qu'à vos yeux tout mon amour éclate,
Madame, des Mortels je suis le plus heureux,
Si je vois Marcia favorable à mes vœux.
Mon cœur depuis long-tems languit dans l'esclavage:
Il vous rend en secret le plus fidèle hommage.
Eloigné de vos yeux & de votre séjour,
Le seul Coriolan a connu mon amour:
Il m'a donné l'espoir d'un heureux hyménée.
Mais de vous seule ici j'attends ma destinée;
Et quel que soit l'espoir qui ma sû prévenir,
De vous même en ce jour je dois vous obtenir.
L'aveu, que je vous fais, cause-t-il vos alarmes?
Vous détournez de moi vos yeux baignez de larmes!
Seriez-vous insensible à mes vœux empressez?

MARCIA.

Ces pleurs que je répands vous en disent assez ;
O comble de douleur ! victime infortunée,
Par un ordre cruel dans ce camp amenée,
Un Tyran, conjuré contre le nom Romain ;
Ose me proposer de lui donner la main !
Ignorez vous encor, Seigneur, qu'une Romaine
D'un pére violent n'épouse point la haine ?
Tels sont mes sentimens : il n'est point de pouvoir,
Qui d'un cœur vertueux ébranle le devoir.

TULLUS.

Madame, je le voi, vous croiriez faire un crime
De payer mon amour d'un retour légitime.
Envain Coriolan m'honore de son choix :
L'honneur du nom Romain seul vous dicte des loix ;
Vous portez tous vos vœux vers l'ingrate patrie,
Par qui Coriolan vit sa gloire flétrie.
D'un pareil sentiment vous me voyez surpris.
Cependant si mon cœur, de vos charmes épris,
Ose encor se flatter d'une tendre espérance,
J'arrêterai le cours d'une juste vengeance ;
Des Romains consternez je calmerai l'effroi.
Enfin Coriolan ne peut vaincre sans moi ;
Et je puis désarmer d'une seule parole
Des bras, prêts d'assaillir Rome & le Capitole.
Dans cet instant fatal détournez-en les coups :
Le destin des Romains ne dépend que de vous.
Ne différez donc pas cette heure fortunée,
Qui doit à Marcia joindre ma destinée :
Rome vous devra tout, Madame, en ce grand jour ;
Et son salut sera le prix de votre amour.

MARCIA.

Qu'oses-tu proposer ? penses-tu qu'en esclave
J'asservisse mes vœux au Tyran qui nous brave ;
Que Rome soit réduite à cette extrémité
D'attendre de ma main son sort, sa liberté ?
Sa valeur lui suffit pour repousser l'outrage ;

Et l'espoir des Romains est tout dans leur courage.

TULLUS.

Rome, où règnent l'horreur, l'épouvante & le deuil,
Aux pieds de ses Vainqueurs dépouille son orgueil.

MARCIA.

Rome, sans en rougir, peut supplier mon pére,
D'un brave Citoyen désarmer la colére :
Mais un Volsque jamais ne lui fera la loi ;
Et ses soumissions ne vont pas jusqu'à toi.

TULLUS.

Sur vous Coriolan n'a donc plus de puissance ?
Il comptoit vainement sur votre obéissance ;
Et refusant un cœur, à ma flamme promis,
Vous osez vous liguer avec ses Ennemis ?

MARCIA.

Je suivrai mon devoir, Tullus, tu peux l'instruire
Des justes sentimens que ce devoir m'inspire.
Arbitre de mon sort, ma vie est en ses mains :
Mais je ne puis trahir ma gloire & les Romains.

SCENE V.

TULLUS, PRISCUS.

TULLUS.

De ce cruel mépris Tullus lui rendra compte ;
Et dans le sang Romain j'en laverai la honte.
Pour mériter les vœux d'un fiére Beauté,
Par ma flamme séduit, que n'ai-je point tenté ?
Mais du plus juste espoir quand mon amour se flatte,
Je me vois accablé des mépris de l'Ingrate.
O Ciel ! jamais Amant fut-il plus outragé ?
Ah ! d'un pareil affront Tullus sera vengé.
Plein du courroux ardent, qui dévore mon ame,

Je porterai dans Rome & le fer & la flamme.
Les Romains à mes yeux seront tous criminels :
Je les immolerai jusqu'au pied des Autels :
Je n'épargnerai rien dans ma fureur extrême :
Ce superbe Exilé pourra tomber lui-même.

PRISCUS.

Pour quoi différez vous, Seigneur, à vous venger ?
Votre amour offensé doit-il rien ménager ?
Perdez Coriolan ; & sûr de la victoire,
Ne souffrez pas qu'un autre en partage la gloire.
Rival de vos lauriers, source de votre ennui....

TULLUS.

Je n'ai que trop de pente à me venger de lui :
Mais pour faire tomber une superbe Ville,
Priscus, de ce Banni le courroux m'est utile.
Le Volsque avec ardeur le suit dans les combats ;
Je veux que sa furie anime nos Soldats ;
Et quand j'aurai par lui brisé l'Aigle Romaine,
Dans Rome toute en feu l'immoler à ma haine :
Sous ses murs renversez je veux l'ensevelir,
Et jouir des lauriers, que je lui fais cueillir.

PRISCUS.

Ah ! si vous différez à venger un outrage,
Coriolan, Seigneur, dissipera l'orage.
Marcia, dans ce camp soumise à son pouvoir,
Obéira peut-être, & suivra son devoir.
Vous n'êtes pas encor dégagé de sa chaîne ;
Et l'amour aisément triomphe de la haine.

TULLUS.

Je dois te l'avouer ; oui, malgré ma fureur,
Je sens encor les traits d'une fatale ardeur.
Quoi, Priscus ? Marcia deviendroit moins sévére !
Sa fierté fléchiroit sous les loix de son pére !
Dans les murs d'Antium elle suivroit mes pas !
Cet espoir me séduit, je ne m'en défends pas.
Tous ses mépris n'ont pû l'effacer de mon ame :
Son noble orgueil la rend plus digne de ma flamme.

Quelle gloire, Priscus, de triompher d'un cœur,
Qui s'armoit contre moi de toute sa rigueur !
Voyons Coriolan, mettons tout en usage.
Amour, qui tiens mon cœur dans un dur esclavage,
J'obéis à ta voix, quel triomphe pour toi
Qu'un Guerrier, que Tullus soit soumis à ta loi !

Fin du second Acte.

ACTE III.

SCENE PREMIERE.

CORIOLAN, MARCIA, FULVIE.

CORIOLAN.

QU'ai-je entendu, ma fille? un Guerrier magnanime,
Que mon choix a rendu digne de votre estime,
Pour prix du noble feu dont son cœur est épris,
Ne trouve en Marcia qu'un orgueilleux mépris!
Aurois-je dû prévoir que votre résistance
Avec mes Ennemis seroit d'intelligence?
Que rebelle à ma voix, dévouée aux Romains,
Vous oseriez braver mes ordres souverains?

MARCIA.

Croyez que mon respect & ma reconnoissance
Envers vous dans mon cœur sont gravez dès l'enfance.
Dès que j'ai vû le jour, Seigneur, votre bonté
A toûjours été jointe à votre autorité:
Chaque instant ajoûtoit au bonheur de ma vie;
Et vous aviez rendu mon sort digne d'envie.
Appius, votre Ami, l'ornement du Sénat,
Et de qui la valeur relève encor l'éclat,
Dans ces temps fortunez mérita votre estime:
Votre choix me donnoit un espoir légitime
D'unir ma destinée à l'illustre Appius.
J'écoutai ce Guerrier, j'honorai ses vertus,

Heureuse mille fois que le choix de mon pére
Réunît le penchant & le devoir austére.

CORIOLAN.

Ma fille, d'Appius perdez le souvenir :
Tout a changé : cessez de m'en entretenir.
J'estimai ses vertus, je les estime encore ;
Mais Appius est chef d'un Sénat que j'abhorre,
Appius est Romain ; & ce nom odieux
Sur un autre que lui m'a fait jeter les yeux.
L'affront que j'ai reçû d'une ingrate patrie,
A dégagé mon cœur du serment, qui le lie :
L'intérêt de ma gloire en a rompu les nœuds.
J'ai fait choix d'un Guerrier illustre & généreux ;
Qui de Coriolan protégea l'innocence.
La valeur de Tullus, utile à ma vengeance,
Détermine mon choix. Loin de vous alarmer,
Le devoir, tout vous dit que vous devez l'aimer.

MARCIA.

Moi, l'aimer ! se peut-il, Seigneur, que votre haine
Fasse un pareil affront à la vertu Romaine ?
Quoi ! je préférerois à l'illustre Appius
Un Epoux étranger, le barbare Tullus,
Qui dans le sang des miens plonge sa main cruelle ;
Et dont peut-être un jour l'audace criminelle
Saura vous arracher ce pouvoir souverain :
Dont sa fureur se sert contre le nom Romain.

CORIOLAN.

Je connois trop Tullus ; & ce soupçon l'offence.
Sur quoi prétendez vous fonder ma défiance ?
Son zèle ; ses bienfaits, tout me parle pour lui.

MARCIA.

Un Barbare, Seigneur, est un perfide appui.
La foi d'un Ennemi fut toûjours infidèle ;
Et Tullus à vos yeux se pare d'un faux zèle.
Craignez de ce Guerrier les projets violens ;
Il vous accablera sous vos lauriers sanglans.

CORIOLAN.

Par un manque de foi si j'excitois ses plaintes,
Je devrois de Tullus redouter les atteintes;
Et son ressentiment pourroit lancer ses traits
Contre un Ami perfide, insensible aux bienfaits.
Ma fille, c'est à vous d'acquiter ma promesse;
Vous pleurez! surmontez une indigne foiblesse:
Prenez des sentimens, qui soient dignes de moi;
Et que ma gloire enfin soit votre unique loi.

MARCIA.

Oui, je dois prendre soin, Seigneur, de votre gloire.
Les malheurs des Romains, présens à ma mémoire,
Me dictent ma réponse, & quel est mon devoir.
D'un pére sur mon sort quel que soit le pouvoir,
Quel que soit le courroux, où ce refus m'expose,
Je ne puis obéir à la loi qu'il m'impose:
Je n'accepterai point un Volsque pour Epoux.
Voilà mes sentimens: ils sont dignes de vous,
Seigneur, je tiens de vous cette fierté Romaine;
Et la gloire de Rome à son destin m'enchaîne.

CORIOLAN.

Penses-tu me fléchir par un pareil détour?
Ah! tu fais moins parler la gloire que l'amour.
Mais quel que soit enfin le motif qui t'anime,
Ton audace n'a point d'excuse légitime.
Quoi! contre moi ma fille ose se révolter!
Je ne t'écoute plus: c'est trop me résister:
Obéis.

MARCIA.

Ah, Seigneur! dans quel état terrible
Me réduit de vos loix la rigueur infléxible?
Ne suis-je issue, hélas! d'un sang si glorieux
Que pour souiller ce sang, & pour m'en plaindre aux Dieux?
Déplorable destin! ô ma chére patrie!
O mére que j'adore! illustre Véturie!
Il faut de votre sein m'arracher pour jamais,
Vous trahir, me livrer à tout ce que je hais,

Epouser un cruel, tout fumant de carnage,
Et faire au nom Romain le plus sensible outrage !
D'un opprobre pareil je ne puis me flétrir.
Si votre fille en pleurs ne peut vous attendrir, *
Si l'affreux désespoir, ou vous m'avez jetée,
Ne sauroit désarmer votre haine irritée,
Reprenez tout le sang que j'ai reçû de vous ;
Je préfére la mort à ce barbare Epoux.

* *Marcia se jete aux pieds de Coriolan.*

SCENE II.

CORIOLAN, TULLUS, MARCIA, FULVIE, FABIEN.

TULLUS.

Que vois-je ? toute en pleurs Marcia vous implore,
Seigneur ! suis-je toûjours un objet qu'elle abhorre ?
Que dois-je présager de ce trouble inconnu ?
Un pére en ma faveur n'a-t-il rien obtenu ?

CORIOLAN.

Pénétré de l'honneur d'une illustre alliance,
Pour seconder vos voeux j'emploirai ma puissance.
Aux larmes vainement cette ingrate a recours :
Contre mes volontez c'est un foible secours.

TULLUS.

Je le voi, mon amour lui cause trop d'alarmes ;
Seigneur : je ne veux point faire couler ses larmes ;
Et je dois m'affranchir du funeste embarras
De conquérir un coeur, qui ne se donne pas.
Apprenez cependant ce que le camp publie ;
Appius en ces lieux amène Véturie.

CORIOLAN.

Foible recours de Rome ! elle n'obtiendra rien.

TULLUS.

Evitez son aspect, fuyez son entretien.

CORIOLAN.

Inutile projet. Allons tout reconnoître.

à Marcia.

Songez à vos devoirs, & qu'un pére est un Maître,
Qu'il me faut obéir.

SCENE III.

TULLUS, MARCIA, FULVIE.

TULLUS.

C'est par ma tendre ardeur,
Madame, que je veux obtenir votre cœur,
Par cet amour constant, qui près de vous m'enchaîne;
O Ciel ! ne puis-je enfin désarmer votre haine ?
Et mes soins empressez....

MARCIA.

Va, ne présume point,
Tullus, que mon destin au tien soit jamais joint.
Mon pére ordonne envain des nœuds que je déteste:
Je saurai m'affranchir de cet ordre funeste.
Tu m'as vue à ses pieds implorer le trépas:
Venge toi, prête lui le secours de ton bras:
Sa main pour m'immoler n'est point assez cruelle.
Venge Coriolan d'une fille rebelle;
Frappe ce triste cœur, que tu remplis d'effroi:
C'est l'unique bienfait qu'il veut tenir de toi.

TULLUS.

C'en est trop: il est temps que ma vengeance éclate;
Rome me répondra des mépris d'une ingrate.
Si le dernier Romain expire sous mes coups,
C'est vous qui l'immolez; n'en accusez que vous.

SCENE IV.

MARCIA, FULVIE.

MARCIA.

Dans l'excès de douleur, où mon ame est livrée ;
Captive dans ce camp, interdite, éplorée,
J'invitois un Barbare à terminer mon sort :
Pour des infortunez est-ce un mal que la mort ?
Au plus grand des malheurs mon pére me réserve :
A se venger de Rome il veut que je lui serve :
Contr'elle de sa haine il épuise les traits :
Sa vengeance ose enfin m'ordonner des forfaits.
Mais mon refus, grands Dieux ! n'est-il point téméraire ?
Aux fureurs de Tullus il expose mon pére.
Aigri par un refus, ce superbe Etranger
D'un si juste mépris est prêt à se venger :
Coriolan peut-être en sera la victime.
Cruelle extrémité ; qui me condamne au crime !
Je voi de tous côtez les plus affreux destins.
Dois-je exposer mon pére, ou trahir les Romains ?

FULVIE.

Calmez votre douleur : au nom de Véturie
J'ai remarqué son trouble ; & malgré sa furie,
L'autorité, les pleurs sauront le désarmer.
Le courroux de Tullus doit peu vous alarmer :
Contre Coriolan que pourroit sa vengeance ?
La valeur d'un Héros suffit pour sa défense.

SCENE V.

VETURIE, MARCIA, APPIUS, FULVIE.

VETURIE.

Coriolan me fuit : en proie à ses remords,
Son courage étonné fait les derniers efforts.
Il faudra malgré lui qu'il entende sa Mére :
A ce juste devoir rien ne le peut soustraire :
Cet ingrat me verra. Ma fille, apprenez-moi
Le sujet inconnu du trouble, où je vous voi.
De ses sanglans desseins par Appius instruite,
J'ignore contre vous quel projet il médite.

MARCIA.

Il rend mon sort affreux ; & sa sévérité
Ne me laisse d'espoir qu'en votre autorité.

VETURIE.

Achevez d'éclaicir un doute qui m'accable :
Je soupçonne de tout sa vengeance implacable.
Dans ce camp ennemi pourquoi vous retenir ?
A quelque indigne Epoux prétend-il vous unir ?
Je tremble, juste Ciel ! qu'un funeste hyménée....
Parlez.

MARCIA.

Avec Tullus il joint ma destinée,
Madame.

APPIUS.

Avec Tullus !

VETURIE.

D'un courroux furieux
Voilà le dernier trait. En est-ce assez, grands Dieux ?
Peut-on pousser plus loin l'injustice & l'outrage ?

APPIUS.

Sa vengeance m'étoit d'un sinistre présage :

Mais, malgré la fureur où son cœur est livré,
Le mien à cet affront n'étoit point préparé.

VETURIE.

Le perfide ! à son nom faire une telle injure !
A la rebellion ajoûter le parjure !
Rompre avec Appius un saint engagement !
Insulter à nos loix ! violer son serment !
Une juste frayeur de mon ame s'empare.
Qu'avez vous répondu, ma fille, à ce barbare ?
Auriez vous accepté cet Epoux odieux,
L'ennemi des Romains, l'ennemi de nos Dieux ?

MARCIA.

J'ai résisté, Madame, à l'ordre qui me presse :
J'ai fait aux yeux d'un pére éclater ma tristesse :
J'ai fait parler mes pleurs : en proie au désespoir,
J'ai demandé la mort, rien n'a pû l'émouvoir.

VETURIE.

Quoi ! votre désespoir, vos pleurs, rien ne le touche ?
Hélas ! il m'en souvient, son silence farouche,
Quand il sortit de Rome, annonçoit ses fureurs.
Il ne fut point émû de nos vives douleurs :
Son ame en ce moment ne parut point troublée
De voir sa mére en pleurs, sa femme désolée,
Ses enfans malheureux, qui lui tendoient les bras.
Les premiers du Sénat accompagnoient ses pas :
Ils marquoient à l'envi leur zèle, leur estime,
Et plaignoient le destin d'un Guerrier magnanime :
Vrais & nobles Amis que nos adversitez
Dans un si grand revers n'avoient point écartez.
Mais à le suivre envain leur amitié s'empresse :
Il garde le silence ; & sa sombre tristesse
Ne daigne pas répondre à leurs soins généreux.
Plein de son noir projet, l'ingrat s'éloigne d'eux,
Sans les intéresser pour sa triste famille,
Sans leur recommander mére, femme ni fille,
Des plus tendres objets perdant le souvenir,
Et ménaçant nos jours d'un funeste avenir.

Son ame à la fureur se livre tout entiére :
Il abandonne Rome, errant & solitaire :
Il va dans Antium. Son courage offensé
Ranime un Ennemi, qu'il avoit terrassé :
Il détruit nos Citez, ravage la campagne :
La terreur le devance, & la mort l'accompagne :
Rome assiégée enfin, & qu'il remplit d'effroi,
Dans ces extrémitez n'a plus recours qu'à moi :
Je me rends dans ce camp ; & pour comble d'offense,
Je voi ce fils cruel éviter ma présence.
Dois-je m'en étonner après l'indignité
De ce funeste hymen qu'il avoit concerté ?
Il fuit avec sujet mon aspect redoutable :
Il n'accomplira point son projet éxécrable :
Il n'arrachera point ma fille de mes bras :
Je saurai m'opposer à ses noirs attentats.
A mon juste courroux qu'aura-t-il à répondre ?
Je ne veux que le voir l'ingrat, pour le confondre.

MARCIA.

Je n'obéirai point à son injuste loi :
Un Epoux étranger est indigne de moi :
Je suis Romaine, & sais respecter ma patrie.
Vous me fûtes offert, Seigneur, par Véturie ;
Mon pére y consentit, il vous promit ma main :
Rien ne me peut changer.

APPIUS.

O cœur vraiment Romain ;
Digne d'un autre sort, digne d'un autre pére !
Appius vous expose à toute sa colére,
Madame, & votre cœur constant & vertueux
En a pû soutenir les traits impétueux.
Vous me verrez répondre à cette haute estime :
Votre pére entendra ma plainte légitime ;
Et s'il n'a dépouillé tout sentiment humain,
Je le ferai rougir d'un si honteux dessein.
Vous rentrerez dans Rome, & suivrez Véturie,
Ou ce perfide Ami m'arrachera la vie.

VETURIE.

Allez, brave Appius, cherchez ce furieux:
Je soutiendrai vos droits, approuvez par les Dieux:
Amenez devant moi l'ingrat qui fuit ma vûe;
Peignez lui la douleur dont mon ame est émûe.
Grands Dieux, de notre sort arbitres Souverains,
Maîtres de l'Univers & du cœur des Humains!
Secondez-nous, calmez la fureur qui l'anime,
Et ne permettez pas qu'il s'abandonne au crime;
Mais d'un juste remords que son cœur combattu
Reprenne à mon aspect sa premiére vertu.

Fin du troisiéme Acte.

ACTE

ACTE IV.

SCENE PREMIERE.

CORIOLAN, FABIEN.

FABIEN.

QUoi, Seigneur, vous fuyez une mére éplorée !

CORIOLAN.

Ami, tu vois le trouble où mon ame est livrée.
Je la fuis à regret ; & je sai mon devoir :
Mais d'une mére en pleurs je connois le pouvoir.
Sa douleur & ses cris sont de trop fortes armes.
Plus que tous les Romains je redoute ses larmes.
Sans en être attendri les verrai-je couler ?
De quel reproche, ô Ciel ! va-t-elle m'accabler ?
Dois-je, plein du respect que j'eus toûjours pour elle,
A ses tristes regards offrir un fils rebelle ?

FABIEN.

Vous suivrez donc, Seigneur, les ordres de Tullus ?
A de tels sentimens je ne vous connois plus.
Songez à la fierté qu'il vous a fait paroître :
Le plus grand des Romains a désormais un Maître.

CORIOLAN.

Tu m'en vois indigné, Fabien, j'en frémis.
Que ferai-je ? à sa loi ses bienfaits m'ont soumis :

C

Je lui doi tout. Comment aborder Véturie ?
J'ai juré d'asservir mon ingrate patrie.
Agité tour à tour de différens transports,
La colére m'enflamme ; & je sens des remords.
A donner un assaut lorsque tout se prépare,
Un secret mouvement de mon ame s'empare,
Qui me remplit d'horreur, & m'arrête le bras.
Ah ! c'est trop balancer à punir des ingrats.
O Rome ! tu l'as vû, j'ai tout fait pour ta gloire.
Ton peuple sur mes pas voloit à la victoire.
Quel prix ai-je reçû de mes travaux guerriers ?
On a proscrit mon nom & flétri mes lauriers.
De ton gouvernement telle est la tyrannie :
Qui te fait triompher trouve l'ignominie.
Tes braves Généraux, en butte aux trahisons,
Sont bientôt immolez à de lâches soupçons ;
Et ton peuple envieux, redoutant leur vaillance,
Croit par l'ingratitude affermir sa puissance.
Mais par d'autres exploits je dois me signaler.
Le bras qui t'a servie est prêt à t'accabler :
Ce bras de tes remparts va m'ouvrir la barriére :
Je me suis avancé trop loin dans la carriére.

FABIEN.

N'est-il pas toûjours beau, Seigneur, de pardonner ?
Pourquoi par le courroux vous laisser entraîner ?
D'un oubli généreux la gloire est le salaire.
C'est imiter les Dieux que vaincre sa colére.

CORIOLAN.

Je veux les imiter dans toute leur fureur,
Et la foudre à la main répandre la terreur.

SCENE II.

CORIOLAN, APPIUS, FABIEN.

APPIUS.

Je vous cherchois, Seigneur. L'illustre Véturie
Pour voir Coriolan a quitté sa patrie :
Un généreux espoir la conduit en ces lieux :
Ne différez donc plus de paroître à ses yeux.

CORIOLAN.

Que veut elle de moi ? quel intérêt l'amène ?
Ne m'avez vous pas dit que la fierté Romaine
Sauroit de ma valeur repousser les efforts ?
Pourquoi donc recourir à de pareils ressorts ?
Rome en les employant marque trop de foiblesse.
C'est céder lâchement au péril qui la presse,
Seigneur, c'est démentir cette mâle vigueur
Dont vous avez tenté d'étonner son vainqueur.

APPIUS.

Rome, pour ses enfans brûlant d'un noble zèle,
Tâche de ramener un Citoyen rebelle.
Elle voit dans ce camp des transfuges armez,
Que contre elle, Seigneur, vous avez animez :
Elle veut épargner & leur sang & le vôtre.
Voilà son seul motif : je n'en connois point d'autre.
Nous ne redoutons point les Volsques ni Tullus,
Vils ennemis que Rome a tant de fois vaincus.
Mais Rome est divisée ; & sa valeur suprême
Méprise l'Etranger, & se craint elle-même.
Cependant quel supplice à mon trouble est égal ?
Vous donnez à ma flamme un Volsque pour rival ! . . . .

CORIOLAN.

Oui, Seigneur ; à Tullus ma parole est donnée :

De ma fille avec lui j'unis la destinée :
Ma gloire le prescrit. Plaignez vous du destin :
J'estime vos vertus : mais vous êtes Romain.

APPIUS.

Je suis Romain, sans doute, & fais gloire de l'être.
Jusqu'au dernier soupir je le ferai connoître.
Fondé sur vos sermens, pensez-vous qu'Appius
Verra tranquillement le bonheur de Tullus ?
Moi, je serois témoin de cet hymen funeste !
J'ose attester ici la puissance céleste
Qu'un perfide Etranger, tant que je voi le jour,
Ne me ravira point l'objet de mon amour.

CORIOLAN, *à Appius qui sort.*

Je ne m'étonne plus du peu d'obéissance
D'une fille, excitée à braver ma puissance :
Je n'accuse que toi d'un pareil attentat.
Avec toi de concert ma mére.....

SCENE III.

CORIOLAN, VETURIE, FABIEN.

VETURIE.

Arrête, ingrat,
Tu ne peut refuser d'entendre Véturie,
Arrête, c'est trop loin pousser la barbarie.
Me croirai-je l'objet d'un indigne mépris ?
Est-ce mon ennemi que je vois, où mon fils ?

CORIOLAN.

Votre Ennemi ! Grands Dieux ! ce reproche m'accable.
D'un pareil sentiment me croyez vous coupable ?
Madame, votre fils, pour vous plein de respect,

Par un autre motif évitoit votre aspect :
Vous savez si toûjours j'ai pris soin de vous plaire,
J'ai craint de ne pouvoir accorder à ma mére
Ce qu'un peuple odieux ose attendre de moi.
Par vous Rome aujourd'hui veut me faire la loi.
Son orgueil, étonné du succès de mes armes,
Pour derniére ressource a recours à vos larmes.

VETURIE.

Oui, Rome à Véturie a daigné recourir ;
Contre Coriolan je viens la secourir.
J'ai promis aux Romains de désarmer ta haine ;
C'est mon projet. Aurois-je une espérance vaine ?
Voi de combien de maux tu nous as affligez :
Nos villes sont en cendre, & nos champs ravagez.
Barbare ! n'as-tu point senti ton ame émûe,
Quand, marchant vers ces murs, Rome a frappé ta vûe ?
As-tu mis en oubli que ces augustes lieux
Renferment tes amis, ta famille, tes Dieux ?
Quoique Rome envers toi soit injuste & cruelle,
Le plus grand des forfaits c'est de t'armer contr'elle.
Si tu sais pardonner, quel triomphe pour toi !
Et dans cet heureux jour quelle gloire pour moi,
Si je rentre dans Rome avec cet avantage
Que le bonheur des siens soit mon unique ouvrage !
Mais, Ciel ! si je lui prête un frivole secours,
A quel cruel opprobre exposes tu mes jours ?

CORIOLAN.

Venez dans Antium, Madame, en cette ville
Coriolan vous offre un favorable asyle :
J'y suis comblé d'honneurs, j'y suis comblé de biens.
Admis dans son Sénat, chéri des Citoyens,
Ils ont à ma valeur confié leur armée.
Jouissez de ma gloire & de ma renommée.
Banni de mon pays, je retrouve chez eux
Plus que ne m'ont ravi ces Romains odieux.
Haïssez les, quittez une patrie ingrate :
Que pour mes Ennemis votre mépris éclate.

VETURIE.

L'on me verroit trahir l'intérêt des Romains !
J'irois dans Antium, vil rebut des humains,
Sans honneur, le cœur plein d'une crainte servile,
Chez nos fiers Ennemis mendier une asyle !
Etrange aveuglement ! eh quoi t'es-tu flatté
Que je puisse descendre à cette indignité ?
Tu ne me connois plus. Le transport qui t'égare
D'un généreux Guerrier fait un monstre barbare ;
Tes premiéres vertus ont perdu leur splendeur :
Ta valeur est farouche, & se change en fureur.

CORIOLAN.

D'une aveugle fureur je méconnois l'empire ;
Je venge mes affronts : la gloire me l'inspire.
J'ai juré de punir d'injustes attentats ;
Et partout la victoire accompagne mes pas.

VETURIE.

Ne t'énorgueillis point d'une indigne victoire :
Des succès d'un Guerrier le motif fait la gloire.
Par l'effort de ton bras si Rome est mise aux fers,
Tu te couvres de honte aux yeux de l'Univers.
Fléau de ton pays, Tyran de ta Famille,
Au premier des Romains tu veux ravir ta fille,
La donner à Tullus ! mais dans son désespoir
Elle n'a pas envain imploré mon pouvoir.

CORIOLAN.

Eh quoi ! Véturie ose autoriser le crime
D'une fille, qui brave un pouvoir légitime !
Ne suis-je plus son pére ? & que prétendez vous ?
Oui, j'ai choisi Tullus pour être son Epoux :
Je n'en dois point rougir : cette noble alliance
Chez les Volsques, Madame, affermit ma puissance.
Rome ne m'est plus rien ; & mon bannissement
Avec mes Ennemis rompt tout engagement ;
Je dois tout à Tullus, & rien à ma patrie.
Appius cependant, que soutient Véturie,
Prétendroit affranchir ma fille de ma loi !

VETURIE.

Si tu n'es plus Romain, elle n'est plus à toi.

SCENE IV.

CORIOLAN, VETURIE, TULLUS, FABIEN.

TULLUS.

Tout est prêt pour l'assaut, Seigneur, & notre Armée,
D'une nouvelle ardeur contre Rome animée,
Demande le combat par des cris éclatans.
En discours superflus ne perdez plus de temps :
Allons.

VETURIE.

Eh quoi, Tullus ! ton impuissante haine
N'ose sans son appui braver l'Aigle Romaine ?
Et tu ne rougis point d'employer contre nous
Un bras, dont tant de fois tu redoutas les coups,
Qui dut à tes revers le comble de sa gloire,
Et de qui la valeur flétrira ta mémoire ?

A Coriolan.

Et toi, d'un Etranger recevras tu la loi ?
Et peux tu balancer entre Tullus & moi,
Mon fils ?

TULLUS.

Marchons, Seigneur, où l'honneur nous appelle.
Quoi ! des pleurs pourroient ils ralentir votre zèle ?
Rompez cet entretien : c'est trop les écouter :
L'instant est favorable : il en faut profiter :
Suivez moi.

CORIOLAN.

Je le dois, la vengeance, la gloire,
Voilà mes Dieux : allons, volons à la victoire.

SCENE V.

VETURIE, *seule.*

LE Barbare me fuit ! son infléxible cœur
S'est armé contre moi de toute sa rigueur !
La haine, la vengeance & la fureur impie,
Voilà les Dieux à qui l'ingrat me sacrifie !
Insensible aux remords, d[illegible]s cruel mépris
Il ose m'accabler ; & ce monstre est mon fils !

SCENE VI.

VETURIE, MARCIA.

MARCIA.

QU'avez vous obtenu, Madame, de mon pére ?
Seroit il insensible aux larmes de sa mére ?
Hélas ! votre douleur ne me fait que trop voir
Que Rome & Marcia n'ont plus aucun espoir.

VETURIE.

Il est trop vrai, ma fille, & son ame inhumaine
Se livre tout entiére aux transports de sa haine :
Il se livre à Tullus, qui me l'ose enlever,
Et qui jusqu'en ces lieux est venu me braver :
Il prétend que l'hymen à Tullus vous unisse ;
Son front ne rougit point d'une telle injustice.
J'ai fait parler nos loix & mon autorité :
L'ingrat a vû mes pleurs ; il n'a rien écouté.

MARCIA.

Et ! qui me défendra contre sa violence,
Si vos pleurs sur un fils ont si peu de puissance ?

SCENE VII.

VETURIE, MARCIA, APPIUS.

APPIUS.

Le Volsque se prépare à battre nos remparts ;
Et le fer dans ce camp brille de toutes parts :
Vous n'avez pû d'un fils désarmer la colére :
Partons : que dans nos murs je remène sa mére :
Contre nos Ennemis allons les secourir,
Madame, je prétends venger Rome, ou périr.

MARCIA.

O funeste départ ! seule & désespérée,
Par mon pére à Tullus je serai donc livrée ?
Seigneur, à mes malheurs m'abandonnerez vous ?

APPIUS.

Moi, vous abandonner ! vous suivrez votre Epoux,
Madame, dissipez ces injustes alarmes :
Vous rentrerez dans Rome à l'abri de mes armes.
Avez vous dû penser qu'en cet instant fatal
Appius vous laissât au pouvoir d'un Rival ?

à Veturie.

Le tems presse, partons. Vous résistez, Madame !
Quel espoir vous retient, & flatte encore votre ame ?
Vous exposerez vous à de nouveaux mépris ?

VETURIE.

Je veux revoir, Seigneur, cet insensible fils.
Après l'affront cruel, dont l'ingrat m'a flétrie,
Irai-je offrir ma honte aux yeux de ma patrie ?

Non. Je vais le chercher pour la derniére fois.
Il faut, si l'inhumain est rebelle à ma voix,
Pour aller jusqu'aux murs, que menacent sa rage,
Que couvert de mon sang, il se fasse un passage.

Fin du quatriéme Acte.

ACTE V.

SCENE PREMIERE.

TULLUS, APPIUS, PRISCUS.

TULLUS *bas, appercevant Appius.*

APpius dans ce camp s'offre encor à mes yeux!
à Appius.
Quel intérêt, Seigneur, vous arrête en ces lieux?
Coriolan a dit tout ce qu'il devoit dire :
Vous avez sa réponse : elle vous doit suffire :
Partez.

APPIUS.

Coriolan fait seul ici la loi.
Cependant quels soupçons peuvent tomber sur moi?
Député des Romains, me croiriez vous capable....

TULLUS.

Je sais que vous portez un titre respectable :
Mais de ce nom pompeux, avec art supposé,
Plus d'un Ambassadeur a souvent abusé.
Trop souvent vos pareils, dangereux politiques,
Parmi leurs ennemis font de sourdes pratiques :
Votre départ trop lent fait naître ce soupçon.

APPIUS.

Appius abhorra toûjours la trahison.
Pour de lâches Guerriers que la fraude ait des charmes ;
L'équité, la valeur, voilà nos seules armes :

Vous ne connoissez pas la vertu des Romains.
Oui, Rome aimeroit mieux se plaindre des destins,
Qu'on pût lui reprocher une indigne victoire,
Acquise par la fraude & funeste à sa gloire.
Mais la justifier ce sont soins superflus,
Et d'ailleurs, je n'ai point à répondre à Tullus ;
Je vous l'ai dit.

TULLUS.

Et moi, je vous ferai connoître
Que des Volsques je suis & le chef & le maître ;
Que ce Romain, vers qui vous êtes député,
N'a du Volsque & de moi qu'un pouvoir emprunté.
Vous espérez envain la paix, que Rome implore :
Retournez dans vos murs : je vous l'ordonne encore ;
Partez, annoncez y l'horreur & le trépas :
La valeur d'Appius ne les sauvera pas.

APPIUS.

Osez attaquer Rome : alors votre imprudence
Connoîtra, si mon bras prendra mal sa défense :
On verra, si Tullus doit me le reprocher :
C'est lui dans le combat que je prétends chercher.

SCENE II.

TULLUS, PRISCUS.

PRISCUS.

Ce superbe Romain vous brave, vous menace ;
Allons livrer l'assaut, & punir son audace.
Coriolan tient mal ce qu'il avoit promis :
Le traître est de concert avec nos Ennemis.

TULLUS.

Son crime est trop certain. Les pleurs de Véturie
Ont de Coriolan suspendu la furie ;

Aux larmes d'une femme il n'a pû résister.
Malgré moi Véturie ose encor l'arrêter.
C'en est trop, punissons la coupable foiblesse
D'un perfide Etranger, qui manque à sa promesse;
Ma haine désormais n'a rien à ménager:
J'ai mon amour enfin & ma gloire à venger.
Méprisé par la fille, outragé par la mére,
Rien ne retiendra plus les traits de ma colére:
J'ai perdu tout espoir.

PRISCUS.

Ne vous en flattez plus;
Un trop fort intérêt fait mépriser Tullus:
Appius est aimé. Votre fiére Maîtresse
Pour son premier Amant conserve sa tendresse:
Voilà, n'en doutez point, d'où partent ses mépris.
D'un Transfuge Romain, Seigneur, j'ai tout appris;
Que dans Rome autrefois Marcia fut promise
A votre heureux Rival, dont son ame est éprise.

TULLUS.

Appius est aimé! qu'entends-je? justes Dieux!
Et je ne punis point un Rival odieux!
Je sens de mon courroux croître la violence.
Venir jusqu'en mon camp insulter ma puissance!
C'en est fait, à ma haine il ne peut échapper;
C'est Appius d'abord que mon bras doit frapper.
Loin de moi, vains égards, & tout respect timide;
Immolons un Rival, immolons un perfide.
Arrêté par sa mére, il porte ici ses pas:
Sortons; à nous venger excitons les soldats.

SCENE III.

CORIOLAN, VETURIE, MARCIA.

VETURIE.

NE crois pas de ta mére éviter la présence ;
Cruel ! si tu prétends poursuivre ta vengeance ;
D'un projet criminel ose combler l'horreur,
Ose faire sur moi l'essai de ta fureur :
Je ne te verrai point asservir ma patrie :
Toûjours entr'elle & toi tu verra Véturie :
Je m'offrirai partout à tes regards confus.
Crois tu que j'aille à Rome annoncer tes refus ?
Ses murs ; dont ton orgueil prétend se rendre maître ;
Semblent me reprocher de t'avoir donné l'être.
En butte à tes mépris, odieuse aux Romains ;
C'est ici que je veux terminer mes destins.
Pense à ton noir projet, & voi ceux que tu braves :
Tu les comptes trop tôt au rang de tes Esclaves.
Rome, que ta fureur menace d'asservir,
Défendra ses remparts jusqu'au dernier soupir.
Ses Citoyens, armez par le Dieu des batailles,
Attendent le combat au pied de leurs murailles.
Pour entrer dans nos murs, & pour les renverser ;
Voi combien de Héros il te faut terrasser,
De quels périls affreux ta tête est menacée.
Je n'en puis soutenir la cruelle pensée,
Justes Dieux ! écartez les maux que je prévoi :
Ces Romains tourneront tous leurs traits contre toi.
Pour qui faire des vœux dans ce combat terrible ?
Pour Rome, pour mon fils également sensible,
Je verrai Rome aux fers en ce funeste jour,
Ou bien périr un fils, l'objet de mon amour,

L'objet de tous mes vœux, ſur qui dès ſon enfance,
Hélas! de mon bonheur je fondois l'eſpérance.
Veux tu de tant d'horreurs rendre mes yeux témoins?
As-tu mis en oubli ma tendreſſe, mes ſoins?

CORIOLAN.

Madame, ils ſont toûjours préſens à ma mémoire:
Mais vous dois-je obéir aux dépens de ma gloire?
Prêt à me ſignaler, n'arrêtez point mon bras,
Et laiſſez moi chercher un glorieux trépas.
Si des Volſques je rends l'eſpérance inutile,
Après ma trahiſon où ſera mon aſyle?
Opprobre des Humains, haï de toutes parts,
Pourrai-je d'Antium ſoutenir les regards?
Et par ma lâcheté démentant ſon eſtime,
Irai-je y mendier le pardon de mon crime?

VETURIE.

Rome te tend les bras: viens à Rome, mon fils,
Viens lui ſervir d'appui contre ſes ennemis:
La gloire te l'ordonne, & l'amour t'y rappelle;
Viens eſſuyer les pleurs d'une Epouſe fidèle;
Viens inſtruire tes fils, les mener aux combats,
Et leur apprendre à vaincre, en marchant ſur tes pas.

CORIOLAN.

Eh dois-je d'Antium mépriſer les hommages,
Pour m'expoſer dans Rome à de nouveaux outrages?
Je les connois trop bien ces indignes Romains.
Je ne remettrai point mon ſort entre leurs mains.
Madame, ſi les Dieux veulent que je périſſe,
Je périrai du moins en bravant l'injuſtice.
Mourir en combattant, le front ceint de laurier,
Quel plus digne tombeau pour un noble guerrier?

VETURIE.

Tu mourras en Tyran, dont l'implacable haine
Tâche envain d'opprimer la liberté Romaine;
Et ton nom, exécrable à la poſtérité,
Dans Rome ſans horreur ne ſera plus cité.

CORIOLAN.

Si je flétris mon nom, volant à la victoire;
Contre cette infamie assurez ma mémoire :
Prenez ce fer : mon sang est tout prêt à couler.

VETURIE.

Je viens pour te fléchir, & non pour t'immoler.
Si l'affreuse vengeance a pour toi tant de charmes;
Un plus noble moyen finira mes alarmes.
Cruel ! pour terminer les rigueurs de mon sort;
Véturie à tes yeux va se donner la mort. *
Tu ne me réponds point ! méconnois tu ta mére ?
Voi mes pleurs, montre toi sensible à ma priére.
Je t'en conjure enfin par les manes sacrez
De tes nobles Ayeux, à Rome révérez;
Par ces fameux héros, soutiens de leur patrie,
Qui donnérent pour elle & leur sang & leur vie,
Dont les tombeaux, chargez de titres glorieux,
Condamnent la fureur d'un fils, indigne d'eux;
Par les Dieux de Numa, digne auteur de ta race,
Me refuseras tu cette premiére grace ?
Ne gagnerai-je rien sur ton cœur endurci ?
Je n'ai rien à mon fils demandé jusqu'ici :
Je l'implore à tes pieds...

CORIOLAN.

Que faites vous, Madame ?
Calmez un désespoir, qui me pénètre l'ame.
O Ciel ! Rome est sauvée; & vos vœux sont remplis :
Mais, quand vous la sauvez, vous perdez votre fils.

* *Coriolan paroît interdit.*

SCENE

SCENE IV.

CORIOLAN, VETURIE, MARCIA, FABIEN.

FABIEN.

VEnez, Seigneur, venez dissiper les alarmes;
Tullus à ses soldats a fait prendre les armes;
Ils cherchent Appius, & menacent ses jours.

VETURIE.

O trahison!

MARCIA.

Hélas!

CORIOLAN.

Volons à son secours;
Montrons-nous aux mutins. Je préviendrai ce crime;
Ou Tullus me prendra pour premiére victime.

SCENE V.

VETURIE, MARCIA.

MARCIA.

O funeste moment! malheureux Appius!
J'arme contre tes jours la fureur de Tullus.
Dieux! comment a-t-il sû que les nœuds d'hyménée
Devoient unir ton sort à cette infortunée,
Que je t'avois promis & mon cœur & ma foi?
Comment a-t il connu l'amour que j'ai pour toi?
Cependant tu péris; & cet amour fidèle

Excite d'un Rival la vengeance cruelle :
Peut-être en ce moment il te perce le flanc.
Je crois déja le voir tout couvert de ton sang. . . .

VETURIE.

Ne perdons pas l'espoir : la céleste puissance
De ce brave Romain embrasse la défense,
Ma fille. Nous n'avons rien à craindre pour lui :
Il a Coriolan, & les Dieux pour appui.
Par quelle digne offrande, & par quels sacrifices
Pourrai-je m'acquiter envers les Dieux propices ?
O Rome ! par quel prix peux tu payer jamais
Le généreux Guerrier, qui comble tes souhaits ?
Rien ne s'opposera désormais à ta gloire :
On te verra marcher de victoire en victoire :
Sur les pas d'un Héros ne crains plus de revers :
Sa valeur va t'apprendre à dompter l'Univers.
C'est moi qui te le rends : ô mére fortunée !
Rome, tu me devras ta haute destinée ;
Et tout ce que mon fils entreprendra pour toi,
Sa gloire, ton éclat rejailliront sur moi.
Mais que vient m'annoncer Appius, qui s'avance ?
Quel trouble, ô Ciel !

SCENE VI.

VETURIE, MARCIA, APPIUS.

APPIUS, *à Veturie.*

MAdame, armez vous de constance.

VETURIE.

Ah ! j'ai perdu mon fils, inéxorables Dieux !

MARCIA.

O douleur. . . .

APPIUS.

Ce Héros va paroître à vos yeux,
Madame, il veut vous voir dans l'instant qui lui reste.
Je frémis de vous faire un récit trop funeste.

MARCIA.

Hélas! de quel effet mes soupçons sont suivis!

VETURIE.

Le barbare Tullus assassine mon fils!
Quoi! le lâche a-t-il pû soutenir sa présence?
Et mon fils, justes Dieux! périt-il sans vengeance?

APPIUS.

Non: mon bras l'a vengé: j'ai puni l'assassin;
Que n'ai-je sû prévoir son horrible dessein!
Suivi de peu des miens, je repoussois l'outrage
D'un perfide, excité par sa jalouse rage;
Lorsque Coriolan arrive. A son aspect,
Les mutins sont saisis de crainte & de respect.
De ce brave Guerrier la haute renommée
Fait sentir le pouvoir qu'il a sur son Armée.
Est-ce ainsi, leur dit-il, en élevant la voix,
Que des Ambassadeurs on respecte les droits?
A peine ce reproche est sorti de sa bouche,
Que sur lui mon Rival jette un regard farouche.
Un trait au même instant par ce Volsque lancé
Atteint Coriolan, du coup mortel blessé.
Je vois couler son sang; & son péril m'anime:
Je fonds sur le perfide: il devient ma victime;
Il tombe: mais le sang de ce monstre odieux
Excite à le venger les mutins furieux.
Les Transfuges Romains, en de telles alarmes,
Les Volsques indignez prennent pour nous les armes.
Je joins Coriolan. Votre Ennemi n'est plus,
Lui dis-je, & votre Ami vient d'immoler Tullus.
O secours superflu! je vois sur son visage
D'une prochaine mort l'infaillible présage.
Malgré le trait fatal, qui lui perce le sein,
Je trouve ce Héros les armes à la main:

Il combattoit encor, l'œil ardent de colére :
Tout cède à sa valeur. Le camp, qui le révére,
Frémit du noir forfait d'un Volsque furieux :
Mais voilà votre fils, qu'on amène en ces lieux.

SCENE DERNIERE.

CORIOLAN, VÉTURIE, MARCIA, APPIUS, FABIEN.

VETURIE.

Quel spectacle, grands Dieux! pour les yeux d'une mére!
Dans quel état te vois-je ? ô mon fils !

MARCIA.

O mon pére !

CORIOLAN.

Calmez votre douleur, ne pleurez point mon sort :
Les Dieux ont vengé Rome : ils ont voulu ma mort.
Je n'en murmure point : leur courroux équitable
Sacrifie aux Romains un Citoyen coupable.

VETURIE.

Ta piété, mon fils, avoit tout effacé :
Est-ce ainsi que le Ciel t'en a récompensé ?

CORIOLAN.

Votre fils ne pouvoit cesser d'être parjure :
Aux ennemis de Rome il faisoit une injure :
Je trahissois le Volsque, en vous donnant la paix ;
J'étois de toutes parts entouré de forfaits,

à Appius.

Magnanime Guerrier, Ami, dont le courage
Venge Coriolan du plus sanglant outrage,
Soyez l'appui de Rome ; & que ma mére en vous
Trouve un fils généreux, & ma fille un Epoux.

APPIUS.

Ah, Seigneur!

CORIOLAN.

Je me meurs : approchez vous, ma mére :
De cet embrassement que la faveur m'est chére!
Mon sort est trop heureux : j'ai rempli vos souhaits;
Rome est sauvée : allez, annoncez y la paix :
Revoyez Volomnie, & portez lui ma cendre.
Je prévoi la douleur d'une Epouse si tendre.
Qu'elle vive pour moi, qu'elle instruise mes fils :
Qu'à vos loix, qu'au Sénat ils soient toûjours soumis.

MARCIA.

Ah, mon pére!... il expire!....

VETURIE.

Affreuse destinée!
O spectacle funeste! ô mére infortunée!
Devois-je souhaiter vos faveurs à ce prix,
Grands Dieux? vous sauvez Rome, & j'ai perdu mon fils!

FIN.

APPROBATION.

J'Ai lû par l'ordre de Monſeigneur le Chancelier, les Œuvres de M. Richer, ſes traductions en vers des Eglogues de Virgile & des Epitres d'Ovide, ſa Tragédie de Sabinus & celle de *Coriolan*, toutes ſes Fables, tant imprimées que manuſcrites, & ſes Poëſies diverſes avec la vie de Mécénas. Je crois que le public en verra avec plaiſir le Recueil complet. A Paris ce 15 Novembre 1745. DANCHET.

Le Privilége du Roi ſera imprimé à la fin du recueil des Fables de M. Richer.

ERRATA.

PAge 36, vers 16 peut, *liſez* peux.
Page 41, vers premier, Et! *liſez* Eh!

De l'Imprimerie de JOSEPH BULLOT. 1748.

www.ingramcontent.com/pod-product-compliance
Ingram Content Group UK Ltd.
Pitfield, Milton Keynes, MK11 3LW, UK
UKHW021001180726
13838UKWH00003B/1413